Friedrich Pichler

Aias: Tragödie in zwei Aufzügen

nach Sophokles

Friedrich Pichler

Aias: Tragödie in zwei Aufzügen
nach Sophokles

ISBN/EAN: 9783743312166

Hergestellt in Europa, USA, Kanada, Australien, Japan

Cover: Foto ©Andreas Hilbeck / pixelio.de

Manufactured and distributed by brebook publishing software (www.brebook.com)

Friedrich Pichler

Aias: Tragödie in zwei Aufzügen

Aias.

Tragödie in zwei Aufzügen.

Nach Sophokles.

Frei bearbeitet von

Fritz Pichler.

Separatabdruck aus dem 16. Jahrgange des literarischen Jahrbuches „Die Dioskuren".

Wien.
Aus der kaiserlich-königlichen Hof- und Staatsdruckerei.
1887.

Aias.

Tragödie in zwei Aufzügen.

Nach Sophokles.

Frei bearbeitet von

Fritz Pichler.

Personen:

Athene.
Odysseus, Fürst von Ithaka.
Aias, Fürst von Salamis.
Tekmessa, seine Frau.
Eurysakes, deren Sohn.
Teukros, des Aias Halbbruder.
Agamemnon, König von Argos.
Menelaos, Fürst von Sparta.
Sinon.
Richter und Herolde.
Krieger und Schiffsleute aus Salamis.

Ort der Handlung: Nächst dem Heerlager vor Troja.

Erster Aufzug.

Die Bühne zeigt links im Hintergrunde die äußerste Schiff- und Gezeltreihe des Griechenlagers, dahinter Mauern und Thürme von Troja, rechts im Hintergrunde eine ferne Hochgegend; im Vordergrunde rechts Gefels und Quell.

Erste Scene.

Tekmessa, später Eurysakes.

Tekmessa (geht mit der Kanne nach der Quelle).

Eurysakes! Hier! Knabe, komm'. Mein Kleiner,
Wo doch versieng er sich? Bald sinkt das Licht.
Eurysakes!

(Ein Pfeil fällt vor ihr nieder.)

Was flog? Sieh da, sein Zeichen.
Ich merke nichts. Herbei, Ihr fernen Männer.

Eurysakes.
Da bin ich, da.
Tekmessa.
Du Böser (küßt ihn).

Eurysakes.
Sieh, drei Schritte
Vor Dir, nicht weniger.
Tekmessa.
Doch tausend giengst Du.

Eurysakes.
So weit?
Tekmessa.
Wo warst Du doch?

Eurysakes.
Auf einem Berg,
So hoch. Mich dürstet.

Tekmessa.
Hör', was gab es dort?
Eurysakes.
Ich glaub', ich sah das Meer.

Tekmessa.
Mein Kind! Und weiter.
Setz' Dich zu mir. Wirst Du mich immer finden?

Eurysakes.
Gewiß. Du, Mutter — auch das Phrygerland
Hab' ich gesch'n.
Tekmessa.
Die Sehnsucht sieht. Gesegnet
Beglücktes Auge! Stiegen wir zum höchsten
Der felsbekrönten Gipfel auf, umsonst
Erschlösse sich für uns der fernste Ausblick.

Eurysakes.
Ich suchte auch die Stadt, darinnen herrscht
Teleutas, wie Du sagst, Dein Vater.

Tekmessa.
                    Kind,
Die Stadt ist eingestürzt. Kein Sterblicher
Vermag sie mehr zu schau'n. Mich aber zog
Dein Vater Aias siegend aus den Trümmern.

Eurysakes.
Und wo ist dann Teleutas?

Tekmessa.
               Oh, im Hades,
Wo all die andren Schatten sind.

Eurysakes.
                    Die mag
Ich nicht. Nicht wahr, nur die Lebendigen,
Die leben recht?

Tekmessa.
               Doch auch die Andren sollen
Wir eingeschlossen halten in das Herz.

Eurysakes.
Ich kenn' sie nicht. Dich kenn' ich! Und den Vater.
Dann sage mir, wann zieh'n wir fort von hier
Nach Salamis?

Tekmessa.
          Erst warte, bis die Stadt
Gefallen ist.

Eurysakes.
     Das wird zu lang.

Tekmessa.
               An's Ende
Schon geht es allerwärts. Denn die Trojaner
Sind ohne Haupt und ohne Führerschaft,
Seit Hektor fiel, ihr tapfrer Herr und König.

Eurysakes.
Dann steigen wir zu Schiff, nicht wahr? Ich sitze
Ganz vorne, singend geht es durch die Flut
Und als der Erste spring' ich auf das Eiland.

Tekmessa.
Hier, trink, mein Sohn. Und möchten Dir wie mir
Recht bald und süß der ungekannten Heimat
Friedreiche Quellen rauschen. Komm' jetzt, komm'.

                    Euryſates.
Wohin?
                    Tekmeſſa.
            Zum Zelt.

Zweite Scene.

Hirt, von vorne rechts. Vorige.

                    Hirt.
            Halt' an. Genug des Staubes
Ward heut und geſtern aufgewirbelt. Sind
Wir nicht am Ziel? Die fünfzig Lämmer treib' ich
Drei Tage ſchon aus ferner Alpentrift
Durch Wald und Schlucht und ſand'ge Schlangenhaiden
Herbei für der Achäer Rieſenhunger.
Ich wollte ſchon, es fiel' der grimme Wolf
Zu meine ungefügen Reih'n, anſtatt
Daß ich den Teukros, oder welchen andren,
Ausſchnüffeln ſoll in dieſem Völkerrudel.

                    Tekmeſſa.
Was alſo willſt Du?

                    Hirt.
            Ich? Los werden will
Ich ſie, die hundert Hammeln. Leichter wandr' ich
Wol mit dem Silberſack am Rücken, weiter
Als mit den abgehetzten Hungerleidern.
Den Teukros weiſ' mir an; nicht doch, den andren,
Den Aias mein' ich. Hier am Zaun des Lagers
Soll irgend ſeine Höhle ſein, ſo ſprach man.

                    Tekmeſſa.
Dann magſt Du warten.

                    Euryſates.
            Laß ihn, Mutter.

                    Hirt.
                                    He!
So bin ich bei den Salaminiern?
Ich hole meine Leute. (Bläſt in's Horn.) Gute Weide
Und Waſſer hier. Noch Eins. Sag' an, woran
Erkenn' ich denn den Herrn der Inſelleute?

                    Tekmeſſa.
Dort kommt er ſelbſt. (Ab mit dem Knaben.

Dritte Scene.

Aias mit Teukros von rückwärts her. Hirt zieht sich zur Seite.

Aias.
          Genug von Mysien!
Die Beute, die Dein Zug uns bringt, war nötig,
Doch nöt'ger ist's, daß wir zur That, zur letzten
Entscheidungsvollen That gewaltig schreiten.
Was soll die lange Kette, da ein Kampf
Von Zwei'n, ein Wurfspiel dort, inzwischen Feste
Für Götter und für erdgeborne Helden?
Bei Opferrauch, Musik und Redeschwall
Umgürtet sich das alte Ilion
Mit neuer Mauerkraft, aus Hektors Asche
Aufsteigen neue Rachegeister, Greis
Und Kind ergreift das Schwert, die Palme uns
Nach dem Jahrzehnt niegeahnten Lauerns
Doch endlich zu entreißen. Mann, Hellene,
Wie klingt das an Dein Herz?

Teukros.
          O Bruder, Fürst,
Du bist die Sonne mir, die, selber leuchtend,
Auch lichten Blumenflor entlockt der Erde.
Besiehl, und wie in's Myserland will ich
In alle Nachbargaue brechen, Waffen
Und Rosse, reichlich alles Kriegsbedürfniß
Herbei Dir schaffen, daß, mit Gunst der Götter,
Wir Salaminier am trefflichsten
Gerüstet steh'n.

Aias.
          Wir sind es hier, die Kraft
Der Felsenklippen wohnt in Haupt und Faust.
Du bleibst. Vereinige die Schaaren. Heute
Gieb Deinen Männern Rast. Und morgen rücken
Wir in die Lücke vor beim Bogenthurm.
An Steinwerk laß' nicht fehlen und an Stämmen;
Denn Schlucht und Wald ist da, um selbst vernichtet
Zu dienen dem Vernichtungswerk.

Hirt.
          Erlaubt.

Teukros.
Was ist's?

Hirt.
Die Heerden —

Aias.
    Weg.
Teukros.
        Dort außen hin.
(Hirt nach vorne ab.)
Aias.
Laß' Dich nicht irren, Teukros, wenn sie Dich
Stadtabwärts drängen wollen in's Gefilde.
Dein Platz ist vor der Mauer, mir zunächst.
Im sanften Blachfeld laß die Schreier lagern,
Die Zauderer, die schönen Festgenossen,
Die blassen Schutzbefohl'nen des Olymp's.
Am Ende zält doch in des Schicksals Wage
Nur was wir selber thun; der And're wäle,
Uns nachzufolgen oder zu verdunkeln.
Du siehst, mein Bruder, daß ich dürste, daß
Ich hung're nach dem Ende solcher Fahrten.

Teukros.
Gesteh' ich's nur, in manchen Träumen lag
Das Heimatland vor mir, und Telamon —

Aias.
Nein, nichts davon! Wie, Teukros, also kleinlaut
Vermöchtest Du in's Vaterhaus zu treten?
Die Lorbeern wo? Die Kränze wo? Die Thaten
Ein Schaumgebild, gleich Meereswogen, die
Dich schaukelten? O nimmermehr! D'rum höre.
Sowie wir ledig sind des alten Heerbanns,
Der uns an diese Atreiden flicht,
Beweg' ich meine Schaaren nach dem Hochland,
Das dort mit grauen Kuppen drohend lockt.
Wer meinem Rufe folgt, er sei willkommen;
Nur hoff' er nicht, in breitem Lagerraume
Zu wohnen, jeden Neumond einen Schlag
Zu thun und sich an Hymnen seines Ruhmes
Zu weiden. Wilde Stämme, grause Thierbrut
Anspornen Tag für Tag die zähe Kraft.
Und höh're Schätze gilt es zu ersiegen,
Als gold'ne Spangen und ein treulos' Weib.

Teukros.
Wenn je der Segen Herakles' geruht
Auf meinem Bogen, Aias, Dir zu Diensten
Steht er allüberall. Jedoch der Nachwuchs
Der Jugend unsrer Insel ist versiegt.
Und schwerlich auch vergönnt das Herrscherpaar

Dir einen eig'nen Pfad, der nicht im Rate
Der Aeltesten beschlossen ward und durch
Den Spruch des Sehers.

Aias.

Laß sie raten, laß
Sie schauen; über Troja's Fall hinaus
Ist keine Fessel, die uns bindet. Rüsten
Die Sieger vollbefriediget die Schiffe,
Dann lichte Du mit meinem Weib und Kind
Die Segel, leite sie in's Heimathaus,
Das, niegesehen, ihnen dünkt ein gold'nes.
Dem Vater anbefehle sie, der Mutter,
Und meinen Jungen übe in der Kunst
Des Bogens, Meister Teukros; doch die Kunst
Des Redners halte fern von seinen Lippen.

Teukros.

Er ist in guter Hut daheim. Und dann?
Du endigst nicht? Des einen Auftrags ledig,
Kehr' ich zu Dir. Und hättest Du Orion's
Dreileuchtend Sterngebilde schon errungen,
Ich finde Dich! Sei mir der Götter Schutz!

(Trompetenstöße fern und näher.)

Aias.

Was soll's?

Teukros.

Herolde seh' ich.

Aias.

Friedensruf!
Ich will am Strand Dir Zeichen lassen, Teukros,
Nur Dir bekannt. Bist Du mit mehren Booten,
So besser. Merke Dir die Bergeskluft,
Die fern im Aetherblau zertheilt die Höh'n.
Dort öffnet sich ein Thor für frische Thaten.

Teukros.

Wie aber, wenn sie Dir mit höchsten Ehren
Einträchtig nah'n, mit Glanz und Kronen Dir,
Der nach Kronions Adler ist benannt,
Den Flug in Wolkenhöhen zu bestreiten?
Mir däucht, Besondres gieng heut' vor im Lager
Und Dir es zu verkünden zieh'n sie her.
Man sagt, zum Schlusse sei der Rat gediehen,
Dem Allerwürdigsten sei zugesprochen
Achillens' Waffenschmuck.

Aias.
Ein langer Rat!
Nur schade, daß der göttergleiche Held
Nicht selber mitgeraten. Ja, Du Todter,
Dich ruf' ich an, Du duldest keinen Zweifel.
Die geben nur, weil sie's nicht wehren können.

Vierte Scene.
Zwei Richter, vier Herolde. Vorige.

Erster.
Wir haben Auftrag, Sohn des Telamon,
Siegreicher Aias, tapfrer Heldenführer,
Vor Deinem Zelt, im Angesicht des Schiffsvolks
Und all' der Streiter, die Dir unterthan,
Dich zu begrüßen laut und ehrfurchtvoll.
Beschließe denn, daß Du uns folgst und Teukros
Hingehe, Deine Mannen zu versammeln.

Aias.
Macht kurz. Ich höre.

Teukros.
Daß ein Vorbild sei
Der Jugend, eil' ich dennoch —

Aias.
Nein. Es kommt
Der Tag, im Kampf bin ich ihr Vorbild. Redet.

Teukros.
Die Aelt'ren doch?

Aias.
Genug denn.

Erster.
Unvergessen
Ist wie im Heere so im Rat der Männer,
Daß, Aias, Du zur Zeit, als tiefen Grolles
Der Peleide fern sich hielt vom Klang
Der Waffen, eingeschlossen in sein Zelt,
Du rettetest aus schlimmster Not die Völker.
Es dankte Dir das ganze Griechenheer
Und in Bewund'rung Deiner Donnerkräfte
Wich wie gelähmt der zage Feind zurück.
Daß nichts der Einz'le sei, nur die Gesammtheit,
Hellenen=Name gelte, und das Ziel,
Das eine, höchste, Sieg und Unterordnung:
Deß gabst Du selber Zeugniß, klar und wahr.

Aias (zu Teukros).
Siehst Du den Falken hoch dort in den Lüften?

Erster.
Auch unvergessen ist, wie Du am Tag,
Da Paris' Pfeil, geleitet von Apollon,
Den niemals überwundenen Achillens
Zu Tode traf, aus dichtem Schlachtgewühl
Den Leichnam trugst im Hagel der Geschosse,
Die edelste der Bürden mutvoll bergend,
Indeß der schreitende Laërtiade
Dem Drang der Feinde wehrte, blassen Tod
Durch lange Zeilen rechts und links bereitend.
Dir ist bekannt, wie damals, nach der Fülle
Des Trauersangs, der Opfer, Leichenspiele,
Die meergeborne Thetis selbst als Preis
Gesetzt des Lieblings goldnen Waffenschmuck
Dem Mutigsten im Heere, dem Tapfersten,
Dem Würdigsten, der irgendwie an Tugend
Dem Unvergleichlichen sei zu vergleichen.

Zweiter.
Den Einen zu erkunden, ward bestimmt
Vom Herrscherpaar ein Rat bewährter Männer.
Doch diese, um zunächst durch zweier Sonnen
Stralvollen Glanz zu gehen unbeirrt
Und ungeblendet — wandten sich mit Fragen
An die gefang'nen Troer unsres Lagers:
Wer ihrer Stadt, dem Heer, dem Heldensamen
Am meisten Leides zugefügt? Sie nannten —
Doch das erfährst Du. Später, als der Handel
Des Rechtes sich entwickelte am Rand
Der Zeltreih'n, hörten ausgesandte Späher,
Wie, auf des Stadtwalls Mauerbrüstung vor-
Gelehnt, gar edle Jungfrau'n Ilions
Lebhaften Zurufs den bezeichneten,
Dem des Peliden Panzerkleid, in Gluten
Des Fackelbrand's zerschmelzend, Mark und Bein
Versehren möge.

Aias.
   Auch der Weiber Urtel
Kam Euch zu Hilfe. Schön. Geschah es doch
Zuliebe Thetis.

Zweiter.
   Also mit der Stimmung
Des Volkes hüben, drüben wol vertraut,

Beriefen Agamemnon, Menelaos
Das Schiedsgericht der Sieben. Allen war
Bewußt: was heute gab der Richter Mund
Und Hand, das zält für's Leben dem Erkornen,
Das klingt dem fernsten Enkel nach, das zittert
Als Harfenton der letzten Nachwelt zu.
Vernimm' denn, ausgeschlossen aus dem Rate,
Weil Du mit tausend Zungen ward'st genannt,
Berufen jetzt, den Schmuck zu — überreichen:
Odysseus ward die Palme zuerkannt.

(Trompetenstöße nach rechts und links.)

Teukros.

Odysseus!

Aias.

Wie? Und mir verkündet Ihr's?
Werft Eure Botschaft in den Staub, an Fels
Und Stein verschlendert sie, in Luft und Wolken
Verstreut sie. Das todte Element
Vollbringt jedweden Tag die gleichen Dienste.
In mir ist jeder Herzschlag Widerstreben
Gen List und Heuchelei und Gleißnerthat.
Sagt Euren Herrn: Ich komme nicht. Das hat
Wol keiner von den Klüglern selbst erwartet.
Unrechte Gabe wird durch meine Hand
Nicht weiß und blank gemacht. Das böse Herz
Hat nah' die schlechte Hand. Vollbringt das selber.
Odysseus! Mir? Was haben wir gemein?
Noch glänzen Andere im Heer, an Hochsinn,
An Edelmut, an Kraft, im Lanzenschwung
Dem Sieggepries'nen nahe strebend, doch
Odysseus — faß' es, wer es kann, ich nimmer.
Sie haben Dich vergessen ganz, Achillens,
Sie kennen Dich nicht mehr. So kurz verweilt
Das Bild des Besten im Gewirr des Erdrunds.
Ein Zerrbild füllt die Lücken aus, im Reich
Der Schatten wandelt ja allein das Wahre.
Wie, Teukros, war ich blind? Ihr, Richter, wie?
Ihr zeiget mir den Mond und sagt, das sei
Die Sonne. Wol, ich will's gewöhnen. Will ich's?
Nein, nein. Mein Aug' ist frei, hier Helios.
Berichtet mir, Ihr Männer: Aus der Stadt
Der Troer hab' der Sohn von Ithaka
Des Nachts entwendet das Palladium,
Hab' Helenen bewegt, das Skäerthor
Heimkehrend zu durchschreiten oder neulichst
Hab' er ein höchstes Sturmwerk schlau ersonnen,
Das Drachen speit und Mauerquadern sprengt:

Ich will es glauben, will's bewundern, wenn
Ihr wollt. Das hat Achilles nicht vermocht,
Ich kann es nicht. Wir werden's nicht im Hades,
Nicht im Olymp vermögen, ohne Neid.
Gebt ihm die Scheffeln voll mit Edelsteinen
Und Gold, darnach verlangt er nicht; setzt ihn
Zum König ein an Priam's Statt; am Gipfel
Des Ida bauet ihm ein Heiligthum —
Nur sagt nicht, Eine Faser sei in ihm
Achillens ähnlich.

Erster.

Nicht zu untersuchen
Sind wir gesendet. Melde Du im Rat
Der Sieben an, sofern Du Mängel findest
Im wolerwog'nen Ausspruch. Uns laß zieh'n.
Bis Eos rosenfingerig erschließt
Des Ostens Schleier, sei bereit zum Fest.

(Richter und Herolde ab.)

Fünfte Scene.

Aias, Teukros.

Aias.

Und wie bereit!

Teukros.

Ich halte sie zurück.
Zum Wenigsten die treuen Inselleute,
Sie sollen nimmermehr vernehmen —

Aias.

Laß sie.
Ihr baut auf mich, Ihr trotzt dem Urteil. Oder
Ihr bauet nie auf mich. Der lose Schall
Der Rede raubt mir Eure Herzen nicht.

Teukros.

Doch gilt es, Worte gegen Worte hier
Zu setzen. Ueberlege, Aias.

Aias.

Worte?
Mich reut der allzuvielen, die ich eben
In dieser Sache hab' vernützt.

Teukros.

Nein, laß
Mich, wie ich bin, des Bogens ledig, nur

Mit meinem Zorne ausgerüstet, Haß
Als Schild, als Speer Verachtung tragend, eiligst
Vor sie hintreten, sei'n sie wo sie mögen,
Bei Schmaus und Spiel, im Rat, beim Opferrauch.
Mir ist die Brust so voll; ein kühlend Bad
Soll nie den Müden seliger befried'gen,
Als wenn es mir gelingt, das große Füllhorn
Der Lasterthaten mächtig auszuschütten
Zum Grund vor jener feilen Mäklerrunde.

Aias.

Ganz andres Werk ist not, ganz anderes!
Drum höre, Teukros. Fühlst Du, daß Du jetzt
Am Scheidewege stehst? Dort Atreiden,
Hie Telamonier! Was sag' ich? Aias
Allein. Sind Götter mir verbündet? Sieh
Dich um, Dein gottesfürchtig Aug' erblickt sie
Vielleicht. Ich schaue mich allein. Allmälig
Verspür' ich Glied auf Glied von jener Kette
Sich lösen, fallen und vergeh'n, die mich
An Ungetreue heften will. Zerrissen
Sei jedes Band, das zwischen uns geschlungen
Der Väter Brauch und kindlich schwache Sage.
Ein freier Mann erkür' ich freie Wege
Und meinem Schwerte schaff' ich freie Wal,
Ob es begier'ger nach Achäerblut,
Als nach dem Herzensstrom der Troer lechze.

Teukros.

Erschüttern will ich sie, ich will aufwirbeln
Ihr schlafendes Gewissen, daß kein Hehl
Und kein Versteck dem letzten neidischen
Gedanken bleibe im erschreckten Hirn.
So große Unthat duldet nicht die Welt.

(Ab.)

Sechste Scene.

Aias, später der Hirt.

Aias.

Verblendeter! Sie lachen sein. Die edle,
Die reine Glut! Wird er ein Flehender
Nicht scheinen, der mit vorbezaltem Lob
Bis an den Himmel seinen Herrn und König
Erhebt, am rechten Tag den Schmeichlerlohn
In süßer Ueberraschung einzuheimsen?
O den verderbt Ihr nicht, den fangt Ihr nicht

In Euer rednerisches Netzgeflecht.
Eh' sollen Troja's Mauern über Euch
Im jähen Sturz ergrimmt herniederdonnern.

Hirt.

Zu Dir — (fällt vor Aias nieder)
Nein, ich ertrag' nicht diesen Blick.
So wahr Du Aias bist, verschone mich.
Ich bin in Deiner Macht. Ich komm' aus Troja.
Wir wissen drinnen, daß am heut'gen Tag
Der Eris-Apfel rollt durch Euer Lager,
Daß Dir die größte Unbill heut geschieht,
Dir, Aias, dem Gefürchtetsten von allen.

Aias.

Geh' Deiner Wege, Sclave.

Sinon.

Bürger Sinon
Bin ich, bei Priams Burg zunächst behaust.
Ich hab' gekämpft, wie Einer, hab' gedarbt,
Gehungert, Haar und Haut verbrannt seit Jahren.
Und da Ihr mir der Söhne drei erschlagen,
Und in den Tod gejagt das Weib, in Wahnsinn
Die Tochter, da Ihr mir das Häuschen so
Verkleinert, daß in Schutt und Asche mir
Der Athem wird zu dünn, — was Wunder, daß
Ich auszubrechen wage durch die Mauer
In's Weite. Könnt Ihr mir's verübeln, he?
Da bin ich nun und finde den am mindesten
Erlustiget, der uns am meisten Schaden
Hat angethan.

Aias.

So, hab' ich's?

Sinon.

Unsere
Frohlocken, wenn sie einen magren Habicht
Euch abgejagt. Und Ihr schaut grämlich drein,
Wiewol Ihr schon die ganze Stadt umschnürt.
Das kommt daher, die Helden wachsen hier
Wie Nesseln, drinnen haben wir zu wenig;
Wie Nesseln wurden sie gemäht. 'S ist öde,
Erbärmlich, jämmerlich darinnen, Stein
Auf Stein, und zwischendurch das Schlänglein streift;
Eidechschen freut sich schon und schlüpft zur Uebung
Durch's stillere, zerfallende Gemäuer.

Aias.

So suchst Du denn bei uns ein besseres
Daheim? Mach' weiter. Bei den Salaminern
Ist Herberg nicht für Ueberläufer.

Sinon.
Ei,
Wer sagt Dir denn, ich wolle bleiben, Herr?
Ich kehr' zurück!

Aias.
Mit seh'nden Augen nimmer.

Sinon.
Doch, doch.

Aias.
Mit Späherbotschaft nimmermehr.

Sinon.

Mit noch viel mehr. Sei nicht so geizig, König.
Nur was im Umkreis liegt von zehn der Schritte,
Das giebst Du mir. Ich könnte sagen, die
In jenen Zelten, Deine Heimatleute,
Erwachsen in dem Sonnenschein des Ruhms,
Im Glücke ihres hocherhabnen Aias,
Sie zücken doch sofort die blanken Schwerter,
Um blutig auszutilgen jede Spur
Der Schmach, die heute das Atriden-Paar
Gehäuft auf Dein verehrtes Haupt. Durchschreite
Die Flanken, rücke vor zu Wall und Mauer;
Von meinem Thor, das mir bewußt, die Schaar
Der letzten Keulenschläger bricht heraus,
Gemeinsam stürmen wir der Feldherrn Zelte,
Wir machen nieder, was zu hoch uns ragt,
Und was uns beifällt, heißen wir willkommen.

Aias.

Wer sandte Dich, Du Kerberos? Du zauberst
Die Ungethüme aller Unterwelt
Abschreckend mir herauf.

Sinon.

Gemach! Ich sage —
Doch ja, ich weiß, Du ziehst nicht gern den Schwarm
Nach Dir. Die lieben Jungen spüren nicht
Den Stachel, wie er Dir in Rippen steckt,
Recht widerhakig, fein geschleudert, oh!

Ich weiß. Die schließen rasch und sputen heim.
D'rum gieb mir weniger, das mehr ist.

Aias.

Er scheint von Sinnen, wenn er gleich das Rechte
In manchem Sinne trifft.

Sinon.

    Das Mehr bist Du.
Wir brauchen nicht die Hunderte. Komm' Du
Allein; Du schaffst uns Hunderte, die mutlos
Hinlungern hinter den gesprengten Mauern,
Zu wackren Streitern um. Will, Aias, komm!

Aias.

Daß ich mit Deinen Hirngespinnsten spielte.

Sinon.

Mit meinen! Priamos, der Greis, beraubt,
Verlassen, trotz des Diadems ein Bettler,
Wie ich, — er sendet mich. Sei ich Dir gut
Genug! Wer wär' auch eines Aias würdig.

Aias.

Von uns ein Jeder. Geh! Ja, insoweit
Daß ich dem ärgsten Feind erwünschlich sei,
Steht freilich unbemakelt noch mein Name.
Warum nicht diesseits auch, beim eignen Volk?
Mich überlastet's schwerer, immer schwerer.
Fort, weg. Ich hasse Dich. Wenn Eure Mauern
Der Erde gleich, dann seh' ich Dich, Verweg'ner.
Was suchst Du mich? Ei jo! Bedenk' ich recht,
So schwarzen Sinn's ist nicht Odysseus selbst,
Daß Deinem Ruf er nächtens folgen wollte.
Doch wie? Er schickt Dich ab, mich zu umgarnen.
Ja, Sinon, eingesteh's, gefang'ner Troer.

Sinon.

Bei meinem Leben, nein: bei allen Göttern,
Nein, nein.

Aias.

  Nichts von den Göttern, kecker Strolch.
Nur Menschen-, Freundesthat. O das versuchen
Sie schon an mir.

Sinon.

    Du glaubst mir nicht? So laß
Mich zieh'n.

Aias.
Daß Du belügst die Maller.

Sinon.
Daß ich nur meiner Stadt verkünden kann:
Auch der geschmähte Aias hält die Treue.

Aias.
Das wird so neu nicht sein. Geschmäht, ha schweig'.
Daß ich die Kehle Dir — Herbei! He, hört!
Mir ist die Sorge klein um Dich; doch habe
Ein Jeder rechten Platz für seine Thaten.
(Drei Krieger, andre folgen.)
Nehmt diesen Mann und bringt ihn vor die Feldherrn.
Kein Wort. Sie werden Dich gebrauchen können.

Sinon.
Du wirfst mich in den Tod?

Aias.
    Das mache Du
Mit jenen aus, 's ist Deine Sache. Geht.
Und wenn sie selber nicht erkennen diesen —
Geschickten Mann: er ist die Gegengabe
Von mir an den Odyssens. Das berichtet.
(Die drei mit Sinon ab. Zur nachgefolgten Schaar:)
Man sagt, der weise, immerkluge Fürst
Von Ithaka hab' in den Mußestunden,
Erleuchtet von — ich weiß nicht welcher — Gottheit,
Ein neues Kunstwerk ausgedacht, das ihm
Epeios ausführt, ein verlorner Enkel
Des Aiakos, des Herrschers von Aegina.
Ihr staunt? Auch Eure Kinder werden staunen.
Ein Riesenpferd soll Troja uns erobern,
Nicht wir, versteht, nicht wir. Der Heldensinn
Ist in das Holz gefahren, Ungethüm
Und hohles Schreckgespenst besorgt die Arbeit.
Werft Eure Speere weg, es ist nicht Ehr'
Und frohe Müh' mehr d'ran. Geht krumme Wege,
Ihr kommt zum schönsten Ziel.

Erster.
    Wie redest Du?

Aias.
Das lerne eben. Diesen Sinon schenk' ich
Dem großen Schreiner, der den Bändiger
Von Ilion zu zimmern sich beeifert.

Denn solches Eingeweide braucht das Pferd,
Verkomm'ne Lanzenträger, die sich ducken,
Und, durch die Mauerlücken eingeschwärzt,
Die Wunderthaten vorbereiten ihrer
Nachfolgerschaft. Nun, wollt Ihr hinterdrein?

Zweiter.

Dich stört der Zorn, o Fürst. Sprich mild zu uns.

Erster.

Und laß uns wissen, wie der Schächer Dich
Gekränkt?

Aias.

Ja, wenn's nur dieser wär'. O Söhne
Der meerumfloss'nen Salamis, mög' Euch
Nicht andre Heimkehr zugewogen sein
Auf des Geschickes Wage, als in Reinheit,
In Ruhm, in sonnengleichem Glanze. Könnt'
Ich Euch voran mit heller Stirne ziehen,
Wie ich's gehofft, erstrebt, wie ich's verdient, —
Wer zweifelt d'ran? — Wie schön erfüllten sich
Die goldnen Träume aus den Knabenzeiten.
Da war ein farbenbunt Gefäß, ein Kranz
Von freudiggrünendem Geblätter, Hornton
Und lauter Zuruf Inbegriff des Glücks.
Euch wird der volle Hoffnungsstral geschmälert
Und mir sinkt abwärts jedes funkelnde
Gestirn. Ihr mögt im fahlen Zwielicht ziehen,
Ich steige in die trostberaubte Nacht.

Erster.

Was hast Du vor? Wird ohne Dich ein Thor
Der alten Troja nur gesprengt, ein Segel
Im Hafen nur gehoben? Nimmermehr
Gewähren wir's.

Zweiter.

Wir lassen uns zu Trug
Und Gaukelspielen nicht mißbrauchen.

Alle.

Niemals.

Zweiter.

Kein Anderer gebietet uns, als Du.

Aias.

Und Agamemnon?

Erster.
Du!
Aias.
Und Menelaos?
Alle.
Du, Aias, König.
Aias.
Aber ich, ich bin
Gemutet, meine Waffen hinzulegen,
Zum Wenigsten für jene Oberherren
Sie nicht zu brauchen mehr. Es sei denn — doch
Wir wollen seh'n. Ich suchte nicht die Gründe,
Um derentwillen einst Achilleus grollte
Und ferne blieb dem heißen Schwertertanz.
Doch wenn das er vermochte, ei warum
Nicht ich? Bin in der Wucht der Kränkung ich
Ihm gleichgestellt, was soll die Rache minder,
Gelinder sein die Strafe? Wahrlich, Freunde,
Laßt uns dem höchsten Vorbild nahe streben.
Zweiter.
Dir mangelt dessen nichts.
Aias.
Ihr meint es, Ihr.
Der Heimat enger Kreis ist bald errungen,
Dasern Ihr redlich strebt. Doch unermeßlich
Und unbestechlich wirkt die weite Welt.
Sie schöpft ihr Urteil aus der jüngsten Stunde
Der That und weiß nichts von der Kindersage,
Die schmeichlerisch das Lockenhaupt umbuhlt.
Jedweder Tag ist neuer harter Anfang.
Die Heimat zält die überstieg'nen Stufen,
Die Welt was zu erklimmen vor Dir steht.
Dritter.
So leite uns, wenn hier der Kampf vollbracht ist.
Aias.
Vollbracht! Wer endigt meinen Kampf? Was nützen
Genossen mir? Ich weiß doch, was ich weiß.
Was mir geraubt, kann ich nicht wieder rauben,
Nicht and're Seelen flöß' ich jenen ein,
Die, schwarzer Sinnesart, zufällig hier
Die sonderbare Macht des Scepters führen.
Und gieng' es an ein neu' Jahrzehent, hört,
Es soll gewagt sein! Nichts vollbring' ich, roste
Die Waffe mir und töne nie der Schild

Und blitze nimmermehr der Helm im Tagstral.
Soweit ist es gekommen, daß ich selber
Zur Ruhe Euch verdamme, Ungeduld
In jeder Faser, heißen Zauderershaß
In jedem Athemzug. Die Flamme werde
Zu Wasser, — Wasser Eis — und so verkehre,
Und so verwandle sich in's Gegenspiel,
Was die Natur erschuf zu guter Stunde.

Erster.

Wie aber, wenn sie selbst, allein, dieweil
Du grollst —

Aias.

Das werden sie, das können sie
Nicht wagen.

Zweiter.

Fand sich damals doch ein Andrer,
Der des Achillens Lücke gut erfüllte.

Aias.

Er hätte sich nicht finden sollen. Oh
Das war mein Fehl, so zog ich groß die Schlangen,
Die kräftelähmend mich nunmehr umzüngeln.
Erinnert mich, ich bitt' Euch, nicht daran.
Mir wird zur Fabel jedes freudenreiche
Beginnen treubeschworner Harmonie;
Der Blumenflor verschwand, nun reift die Frucht,
Sie ist so bitter, herb, ist voll des Giftes.
Laßt, laßt! Wir wollen neue Flur mit Saat
Bestellen, grüne sie und blühe prächtig;
Doch früher sei die Scholle ausgebrannt.
Die Gärtner taugen nicht. D'rum weg den Spaten.
Seht zu, und laßt zum Himmel hoch das Unkraut,
Das dornige Geschlecht zu Wolken wuchern.

Achte Scene.

Teukros zu den Vorigen.

Teukros.

Umsonst. Ich bringe keine Wendung, Aias.
Sie sind verstockt, sind kalt wie Stein, und schlau-
Verschmitztes Lächeln war ihr Willkommgruß.

Aias.

Ist Dir der fremde Mann nicht unterkommen?

Teukros.
Den ihr gefangen? Ja.

Aias.
Ist er von Deinen?

Teukros.
Der nicht.

Aias.
Ein Schurke, doch ein andrer nur.

Teukros.
Zur jungen Heerde nahm ich junge Hirten.
An altem Zeuge schlepp' ich nicht. Was soll's?

Aias.
Den hast Du mir nicht mitgebracht vom Land
Der Myser. Gut. Die Klette wuchs viel näher.
Er mag die Malzeit nun den Schmausern würzen.

Teukros.
Sie tafelten und zechten, daß ich sage —

Aias.
Wir werden's auch. Soeben gab ich aus
Den Heerbefehl des strengsten Müßiggangs.
Schaff' Wein herbei und blühend fette Lämmer,
Und Flötenbläser, schlanke Tänzerinnen,
Die nicht zu sehr das schnee'ge Kleid beschwert —
Wir wollen Festtag machen heut' und immer.

Erster.
Wir sind nicht frohgemut.

Zweiter.
Uns lüstet nicht.

Aias.
Das träumt Euch bloß. Wacht auf. Ihr saht an mir
Nur falsche Dinge. Denn so eigentlich
Bin ich ein Redner, Tänzer, Weinkelch-Schwinger.
Ich rat' Euch nicht, Ihr macht es schlechter, Freunde,
Als ich.

Drei.
O König, Aias.

Aias.
Glaubt es mir.
Dir, Teukros, wollt' ich just bedeuten, Wall
Und Mauer gänzlich aus dem Aug' zu lassen,
Fernab in's ruhige Gefild zu ziehen.
Jedoch, es bleibt dabei, wie wir besprochen,
Zum Trotze jenen bleibt's dabei. Ich bin
Unthätig, doch der rechte Fleck ist mein.
Nichts ohne mich! Und vor des Löwen Höhle
Zunächst aufpflanz' ich regungslose Waffen.

Teukros.
Sie tafelten und zechten, Aias. Wirr
Und widerspenstig schwamm die Rede durch=
Einander. Weidlich schienen sie bemühet,
Den Spruch der Sieben klar mir auszulegen.
Hör': Agamemnon, Menelaos, Nestor —
Die giengen vor im Spruche gegen Dich.

Aias.
Wie anders!
Teukros.
     Von den Vieren waren drei —
Du kennst sie ja —
Aias.
Gleichgiltig.
Teukros.
         Drei für Dich.
Doch Neoptolemos, der stramme Sohn
Achill's, fuhr auf und rief, aus off'nem Herzen
Versichernd, seine Kugel hab' auch er
Für Aias in den Helm geworfen, wahrlich!
Ihm widersprach aus Kräften Menelaos.
Nach manchem scharfen Wort und hitz'ger Rede,
Bemäntl'ung, Drehung her und hin, erschien
Bewiesen, Neoptolemos und Zwei,
Nicht mehr, das sei Dein ganzes Stimmgefolge.

Aias.
Die Würfelspieler, o die Würfelspieler!
Teukros.
Und wie ich auch sie schalt, und wie ich flammend
Die ganze Sternenreihe Deiner Thaten —

Aias.
Das hast Du nicht. Das sollst Du nicht. Für sie
Ist nichts gethan. Bei allen Sternen, nichts.

Und wüßt' ich, daß in ferner Nachwelt beff're,
Gerecht're Richter nicht erstünden mir
Und meinen Werken, o dann hat sich's nie
Verlohnt, die Menschenaugen aufzuschlagen
Zum Anblick dieser Welt.

Teukros.

Zum Schluß trat ein
Der Sänger, der bei Harfenspiel die Sage
Verkündete von Aiakos, dem Ahnherrn,
Dem mit Poseidon einst und Herakles
Vergönnt war, Troja's Mauern aufzubauen.
Er sang das Lied von jenen drei Schlangen,
Die, losgeschnellt aus grauem Meergestade,
Das Werk der Göttlichen im Sprung bestürmten.
Zerschellend fielen zwei zum Grund zurück,
Doch Eine schwang sich auf zuhöchst und klomm
Als Siegerin hinan die letzte Wehre,
Den Schrecken tragend in die Stadtpaläste.
Er sang vom Tod Achill's, der ersten Schlange
Er sang — vom Untergang, dem — Zweiten drohend,
Er sang vom Sieg des Dritten — jüngsten Kriegers.

Aias.

Ha, Neoptolemos.

Teukros.

Sie schauderten.
Dem Sänger riß das Saitenspiel, er warf
Das goldigfunkelnde Gerät zu Boden
Und ich bei Schwerterklang und Mißgetön
Zersprung'ner Kelche eilte in die Weite.

Aias.

He, hört Ihr Männer! Hört Ihr's? Mir den Tod
Bereiten sie, der ich so gut als wie
Achilleus wage, dieses Quaderwerk,
Das Denkmal unsrer Langmut, zu bestürmen.
Mir, mir, das Gift erst langsam eingeflößt
Der zehrendsten Erniedrigung, Verrat
Um mich gesponnen, dreister Hohn geschüttelt
Auf meinen Namen und zuletzt — oh, oh!
Der Seher schaut kein künftiges Gebilde,
Das nicht durch Königswort gemodelt ist.
Ich aber will die Zukunft selber formen.
Zurück den Pfeil, er wende sich zum Schleudrer.
Jetzt ist das Maß erfüllt. Nicht mehr erwart' ich.
Du, Teukros, tritt beiseit.

(In die Mitte der Krieger sich stellend.)

Ihr schließt mich ein.

Ihr habt in Eurer Runde nun die Schlange.
Ich bin's. Besiegelt Ihr den Spruch der Sage.
Herbei, beruft die andren Schaaren. Wie?
Ich sag' Euch doch, ich bin nicht Euer Herr
Und König. Nein, ich bin Euch ausgeliefert —
Sie singen's ja, ich falle vor den Mauern —
Bin Dem erkenntlich, der, ein Fremdling etwa,
Ward eingeschmuggelt, rechten Augenblick's
Das scharfe Eisen gegen mich zu kehren.
Laßt seh'n. Was zaudert Ihr? Wo ist der Mut?

Erster.
Jetzt, König, mußt Du schweigen.

Zweiter.
      Keine Schmähung.

Dritter.
Wir dulden's nicht.

Zweiter.
    Den Schimpf dem Feind, nicht uns.

Dritter.
Jawol, der freie Mann, gleich Dir —

Erster.
      Nicht Du,
Und Deiner Gegner keiner soll bezweifeln —

Zweiter.
Löst auf den Ring.
(Andre Krieger herbei.)
    Und rufet: Aias Heil.

Alle.
Dem Aias Heil!

Teukros.
    Du siehst, o Fürst, ob auch
Das Meer erbraust, hier glänzt Dir Salamis.

Erster.
An unsrer Reihen Spitze sollst Du treten.
Gebiete nur, wohin? Es ist Dein Feind
Auch unser Feind. Wir folgen alle.

Chor.
    Alle.

Aias.
O daß das ganze blaue Thrater-Meer
Berghohen Wellenganges sich ergöße
Durchs Lager, und die Feldherrnzelte jach

Wegschwemmend in die Felsenkluft vergrübe
Sammt allem menschlichen Gewürm, das Herz
Und fühlend Blut zu hegen uns belüget.
Und da kein Dreizack starrt in meiner Hand,
Um rachefrohe Wogen aufzuwirbeln,
Beschuppte Ungeheuer auf Besuch
In's golddurchwirkte Linnenhaus zu senden,
So sinn' ich, rat' ich, wie ich mit der Kraft
Des Sterblichen, entbehrend all' des Glanzes
Der eigensücht'gen stolzen Götterwelt,
Die Horde jener Prunkverblendeten
Mir und der Welt zum Heile mag vertilgen.
So kommt! Die Schirmer der Verruchten laßt
Uns kühn heraus von Wolkenthronen fordern.
Vor Aias Zorn soll irdisches Geschlecht
Und ungerechtes im Olymp erbeben.

Teukros.
Besinn' Dich.

Aias.
Fort, und frag' Dich droben an,
Ob die besannen sich, als sie entstanden.

Teukros.
O Aias, was beginnst Du?

Aias.
Ende mach' ich,
Beginnen nicht.

Teukros.
Der Bund der Treue —

Aias.
Treue?
Mit räud'gen Hunden ward sie ausgehetzt.
Die Falschheit steht als Sonn' im Firmament,
Bewein', verfluche sie, sie kehrt doch wieder.
Heb' Dich hinweg, daß nicht ein letzter Klang
Des Friedens in die wilde Seele greife.
Ich höre nicht, ich fühle nicht. Mein Schwert
Wird mir zur Welt. Geh, Teukros, geh. Es flammt
Um mich. Mach' fort. Gerüstet, seid gerüstet.
Ich zieh' Euch vor, beraubt, entehrt, vernichtet,
Der letzte Mann — und doch — und dennoch Aias.

Teukros.
Vereint, bereit!
(Die Krieger bewegen sich gegen den Hintergrund.)
Dein Zeichen gieb. — Ein Wort!
Wenn je Du wieder trittst vor Telamon,

Den Vater, sag', ich habe Dir gehorcht.
Ich kehr' nicht wieder. Dein ist diese That.
(Im Abgehen wird er durch einen Lichtschein in der Höhe gefesselt. Abenddämmerung.

Aias.

Ja mein, und in des Hades tiefster Kluft
Gewährt sie mir noch ewiges Ergötzen,
So süß wie Nektar und Ambrosia.
Ein reifes Aehrenfeld ist Argos' Volk;
Hinein und mäht und mäht mit blanken Sicheln.
He, Teukros, steh': herbei, hieher. Ein Blitz
Gab mir Gedanken neu in meine Seele . . .
Befühl' mein Haupt mit Deiner Hand, hier quillt
Der Strom — und hier. Gedanken sind von Göttern,
Nicht wahr? Befühl' mein Herz. Das glüht, das schlägt.
Du hörst die Stimme doch? Still, still, da — höre.
(leise) Ich soll die Zwei ermorden, jene Feldherrn.
Nimm' Du auf Dich nur den Odysseus. — Schnell,
(laut) Halt diese dort zurück. Nicht Argos' Volk!
Was fliehst Du fort? O bleib, laß Dich erbitten.
Verstoß' mich nicht im schweren Augenblick.
Ich kann Odysseus Dir nicht überlassen.
Er mir! Ich dringe mit verstohl'nem Schritt
Bei Nacht in sein Gezelt — ich selbst — es muß,
Es muß. Was zögerst Du? Dort ist Dein Weg,
Durchbrich die Schaaren kühn im Flügellaufe.
Nicht übertreff' uns Helios, er sinkt
Im Rot. So flamme purpurn Feindesblut!

Neunte Scene.

Athene in den Wolken, Aias vorne, Teukros im Hintergrunde.

Athene.

Aias, der Unsterblichen Liebling bisher,
Der Irdischen leuchtend Vorbild,
Uralter Ahnen wertgleicher Sproß,
Aias, was beginnest Du?
Hebe Dein Haupt und schau' empor:
Dir lächelt in ungetrübter Huld,
Dir und Deiner Opfer stattlicher Reihe,
Die Du je mir geweihet andachtvoll,
Deine Schützerin Pallas Athene.
Nicht wandt' ich ab den stralenden Schild
Von Dir, unbesieglicher Held,
Nicht leih' ich des Speeres Stärke
Deiner Gegner irgend Einem.
Doch Du, hinweg scheuche

Das schlangenbehaarte Gezücht
Der wütenden Erinyen,
Die Du gerufen
Frevelnden Mundes,
Die Dich umlagern um
Sprühenden Blickes.
Freue des Glanzes Dich vielmehr
Sterblicher Ruhmesthat aller Hellenen.
Theil hast Du an der Siegespreise
Jedwedem und über Wolken
Gilt gleichgewogen die Tugend —
Bekränzt und unbekränzt,
Rosengeschmückt und barhaupt,
Besungen und vergessen,
Gefeiert oder verscharrt.
Aias, Dir ruf' ich
Der Olympier neidloses Hochgefühl
Mit Macht in die strebende Seele.
Aias! Halt' ein und unversehrt
Bewahre den Stahl, ein reines Vermächtniß
Göttergeliebten Epigonen.

Aias.

Dich kenne ich, o ja, Schönrednerin,
Mir niemals hold, Du meines ärgsten Feindes
Treuleitende Beschützerin, auch hier
Beflissen, recht bequemen Sieg dem Schlauen,
Dem lässig Ruhenden im Zelt zu sichern.
Hinweg, Kronions ränkereiche Tochter,
Noch nie um Deines Schildes Schläferdecke,
Um Deines Speeres Vorflug hab' ich zitternd
Gebuhlt, auch heute will ich's nicht. Laß mir
Den Weg für meine Waffen offen, Pallas.
Was wißt auch Ihr, verwöhnt vom Duft des Aethers,
Verweichlichet vom ew'gen Sonnenglanz,
Berauscht vom niegelöschten Sterngeflimmer,
Was wißt auch Ihr von Erdenweh, von Drang
Und Sehnen Sterblicher, die nur der Fehlgang
Des Todes scheidet, Neidische, von Euch.
Genüg' es Euch, der Himmel Streit zu schlichten,
Wann sich der Mond zertheilt in Licht und Dunkles,
Ein ungebet'ner Irrstern gleich dem Wolf
Sich drängt in friedlich schimmernde Pleiaden,
Wann sich der Blitze Knäuel widerspenstig
Nach Euren Wolkensitzen selber schlängelt,
Statt, Euch zur Weide, Irdische zu meucheln.
Uns sei der Erde Raum. Wol mögt Ihr uns
Ein Leben schließen, es erfüllen — nie.

Wir sind von Göttersamen nicht, nicht Ihr
Von uns. Darum hinweg. Ich will's vollbringen.
(Athene wendet Schild und Haupt ab, erhebt den Speer und verschwindet.)

Teukros.

Steh', Aias. Keinen Mord. Willst Du den Kampf,
Hier sind wir.

Aias.

Ohne Götter, ohne Euch.
(Stürmt mit gezücktem Schwerte ab. Nacht. Aechzende Windfälle.)

Zweiter Aufzug.

Waldichte Gegend am Meere, im Hintergrunde rechts etwas Aussicht auf Schiff und Zeltreihen und Stadtmauern.

Erste Scene.

Agamemnon, Menelaos.

Agamemnon.

Nach also unheilreicher Nacht ist's not,
Daß wir zuvörderst uns beschau'n den Standplatz
Der Salaminier. Denn dieser Sinon,
Den wir nunmehr mit enger Kettenhaft
Umschließen, scheint mir tauglich ganz und gar,
Ein Mauerpförtlein offen dem Verrat
Zu halten. Wenn die Inselleute vor-
Gerückt, so wissen wir, woran wir sind.

Menelaos.

Ich sehe sie nie gern im Vordertreffen,
'S ist wahr, und auch von Wall und Mauer
Gefällt es mir, sie lieber fern zu wissen.
Jedoch der Galgenstrick der Troërstadt —
Er scheint mir nichts, als eine müßige Erfindung
Des Aias, seiner Tugend einen Aufputz
Zu geben. Laßt den Schlingel los und stäupt
Ihn fort. Der Sinon wird der Schafhirt sein,
Der er gewesen in vernünft'gen Zeiten.

Agamemnon.

Nicht so. Der Mann ist zuversichtlich Troër,
Er trägt das Elend ja zur Schau vom Haupt
Bis zu den Sohlen. Aias selber — niedrig
In seinen Mitteln war er nie.

Menelaos.
                    So stand
Er ja am höchsten diese Nacht?

Agamemnon.
                    Bedenklich
Und schwer in solchem Fall ist die Entscheidung.
Hier, Bruder gegen Bruder, können wir's
Gestehn: Die Nacht des Todes gieng vorbei
Und froh genießen wir gewohnten Lichtes.
So sei denn Dank den Göttern dargebracht.

Menelaos.
Das sei. Und mögen selber sie den Meutrer
Mit Rachestralen treffen.

Agamemnon.
                    Wicht'ger ist's,
Daß sie uns ferner noch in heller Kraft
Erhalten, eh' der Mond sich wieder füllt,
Das Werk der Burgzerstörung zu vollenden.
Dies aber sag' ich: Nicht Gericht, nicht Fest
Und Kampfspiel halt' ich wahrlich früher ab,
Bevor der Siegerruf ertönt: Die Stadt
Ist unser.

Menelaos.
        Nicht Gericht? Wie nun? Wer sichert
Uns doch den nächsten Schritt? In Deiner Gnade
Erwünschtem Sonnenschein mag Aias wol
Bei lichtem Tage wandeln mit dem Mordschwert
Und hier und dort uns fallen in die Bahn.

Agamemnon.
Wir sind bewehrt. Das Weitere findet sich.

Menelaos.
Gar schlechte Lehre ziehst Du aus dem Nachtereigniß.

Agamemnon.
Bitt're wol. Zum zweiten Male
In seinem Leben nimmer wieder schreitet
Zu solchem Unternehmen unser Aias.

Menelaos.
Bis es gelingt.

Agamemnon.
            O nie. Wie nenn' ich es,
Ein gänzlich Fremdes, ihm nicht Eingebornes

Bemächtigte sich völlig seiner Seele;
Entweicht es, wie das Wölkchen vor der Sonne,
So siegt die alte Herrlichkeit und Pracht.
Vergebens sinn' ich. Dunkel, unerforschlich!

Menelaos.

Statt Dich zu schützen, mühst Du Dich, den Frevler
Erst zu ergründen.

Agamemnon.

Laß, laß sein.

Menelaos.

Der Neid,
Die Mißgunst, Scheelsucht — sind sie nicht genug,
Um alles zu erklären?

(Man hört den Ruf eines Kriegerschwarmes. Menelaos zieht das Schwert.)

Auf, die Augen!
Wir sind beim Inselvolk.

Agamemnon.

Mehr ist nicht nötig,
Als daß die Zwieherrn hochgemut erscheinen.

(Gehen vorüber.)

Zweite Scene.

Tekmessa, später Teukros.

Tekmessa.

Wohin entflieh' ich Euch, o Schreckniß, Angst,
Dir, herbe Marter bangender Gefühle?
Das Liebste meinem Herzen muß ich meiden
Und was mir bleiben wird, ich weiß es nicht.
Kommt er daher? O Götter, was ich je
Gewünscht, ersehnt, erfleht, das macht mich schaudern
In diesem Augenblick. Nicht den Gemal,
Nicht meinen süßen Knaben will das Herz —
Ich will allein sein, will die Lüfte fragen,
Wie ich beschwöre den entrasten Sturm,
Wie ich besänfte meinen Herrn und König.
Denn in mir selber bin ich zag und ratlos.

Teukros.

Tekmessa.

Tekmessa.

Ha, wer ruft?

Teukros.

Ich bin's, o Frau.

Tekmessa.

Nicht Frau, nicht Mutter, alles schwindet, alles
Entreißt der nächste Hauch, der nächste Stral
Der Sonne. Ach, ich finde keine Deutung,
Ich muß zurück in's Zelt, daß ich den Knaben
Vor seiner Wut beschütze, sei es auch
Um mich — nein, nein, ihn selber muß ich schirmen,
Ihn, den Gewalt'gen, vor sich selbst — Unmöglich
Gelingt mir das Undenkliche. O ratet,
O helfet, Götter, Kräfte der Natur,
Ihr Schatten der Verblich'nen, meine Aeltern,
In fernen Landen todt, mich geistumschwebend,
Gebt Hilfe, Rat. O elende Tekmessa!

Teukros.

Reich' Deine Hand. Du sollst mich hören. Aias
Trat in das Freie aus dem Zelt soeben.

Tekmessa.

In's Freie? Trat er doch? Und wie? Laß ab,
Du sollst mir diese Hand nicht fesseln. Auge
Und Haupt und Herz verlangen sie und flehend
Die beiden Arme zu den Göttern muß
Ich strecken endlos.

Teukros.

    Sieh doch, hör' doch, Herrin.
Die ganze Nacht durchwacht' ich vor dem Zelte.
Ich weiß, wie er zurückgekehrt vom Gang,
Dem schreckensvollen Rundgang durch das Lager,
Mit hochgeschwung'nem Schwerte Tod verteilend,
Gleich rasend gegen Freund und Feind und Fels
Und Baum, ermattet endlich niedersinkend.
Ich weiß die Stunde, da er schwieg, mit Stöhnen
Im Schlummer seine letzten Kräfte fassend.
Du gabst ihm frischen Wassers Trunk, dann weint' er
Und sah Dich an beim matten Schein des Lämpchens,
In Träumen halb befragt er Dich nach Heimat
Und Vaters Name, und gebietet Dir,
Hinweg zu zieh'n mit allen seinen Schätzen.
Hinwieder wacht er drohend auf und eilt
Zum Schwert und fordert mit geballter Faust
Von Dir den Knaben, daß Du nicht zerstückelt
Ihn bringest wie zum Male des Thyestes.

Tekmessa.

O gräßlich. Ja, Du weißt. O'selig der,
Der arglos schlief im Linnen, gottbewacht,

Der liebe Knabe. Golden geht die Sonne
Ihm wieder auf und aller Tag ist Spiel.
Ich trag' es nicht, ich trag' es nicht. Wer goß
Dies Meer von Groll und Grausamkeit
In seinen Geist, des ewig edlen Mannes,
Wer kehrte also Tag in Nacht, und Licht,
Beglückend Licht in frevelhaftes Dunkel?
Vielleicht ein Gifttrank ward ihm beigebracht
Von jenen bösen Feldherrn, die er haßt —
Von seiner Neider einem — halt! Der Schäfer
Von gestern, häßlicher Gestalt, wo ist er?
Sie raubten mir, sie zerrten mir den Aias.
Verloren, o verloren! Mich zu schmähen,
Erniedrigen, bedroh'n mit hartem Faustschlag!
Mich, eines Königs Tochter, gern in Liebe
Die Sklavin meines unbesiegten Helden.
Du bist es selber, Teukros! Widersprich!
Bist Du es nicht? Wie Andren Haß ist Helfer,
So Dir... Hinweg. Was liebst Du mich? Lieb' ihn.

Teukros.

Muß ich den Trost gewaltsam in den Busen
Dir träufeln, grausam-schönes Weib? Komm' mit
Und schau' mit klarem Aug', wie Aias klarer
Als Du, Verblendete, obsiegt dem Sturm.
Gleich Helios aus krausem Sturmgewölk
Tritt er hervor in ungestörter Schöne.
Sein Wort ist lauter gleich dem Bergquell,
Und Liebe für ein ganzes Leben beut
Sein neuerstarktes Herz.

Tekmessa.

    Nicht möglich, Teukros,
Du täuschest mich, Du irrest mich. Im Wirrsal,
Im allgemeinen Wandel — was hält fest?
Die Mutter Erde regt sich wellengleich
Und es zerbricht des Himmels kühner Bogen.
Nichts hat Bestand, da Aias nicht mehr Aias.
Er ist die Säule meines Firmaments,
Geborsten und zertrümmert. Weh! Den Starken,
Den Unerbittlichen sah ich zuletzt
In Thränen schwimmen, Thränen, ausgegossen
Ob seines eig'nen Elends. Ew'ge Götter,
Kein Abgrund aller Feuerschlünde klafft
So tief, als nun zu grausem Fall gekommen
Der Hochsinn meines Einz'gen in der Welt.

Teukros.

Darf ich Dich bitten? Darf ich Dich beschwören?

Tekmessa.

Nicht diesen Blick. Die Hand zurück. Ich will
Allein den Feuerkreis des Unheils wieder
Aufsuchen geh'n. Du lasse mich. Nicht Schutz
Vor meinem höchsten Schützer mir zu bieten,
Erkühne sich ein Sterblicher. Denn heilig
Geachtet sei die Stätte, die der Blitz
Zerstört. Ich fühle Kraft, von seiner Hand,
Des Helden Hand, zu fallen und die Furcht
Erblüht mit Eins zum sehnlichsten Begehren.
Ja sein im Leben, sein im Tod.

Dritte Scene.

Aias, aus dem Hintergrunde den Abgehenden entgegen. Vorige.

Aias.

Euch such' ich,
Tekmessa, Teukros. Theures Weib, die Zierde
Des Lebens mir. Dich, wackrer Held und Bruder,
Der besten Werke treulichsten Genossen.
Vergeßt, was war.

Teukros.

Mein bester Herr und Fürst.

Aias.

Vergeßt. Die schwarzen Stunden sind nicht mein,
Sie zälen nicht im Kranze meines Wirkens.
Ich war nicht ich, der Jetzige nur bin ich.

Teukros.

Uns neu geschenkt. O bleib' uns immer. Heil!

Aias.

Das wird erscheinen. Wolberaten treff'
Ich Euch zum Glück, gemeinsam zu vernehmen,
Wie ich mir regle diesen neuen Tag.
Denn das Verworr'ne ziemt sich rasch zu ordnen,
Zerriss'ne Fäden, wie Du weißt, Tekmessa,
In lieblichem Gewebe zu vereinen.
Zwar keine flinke Mädchenarbeit ist
Des Kämpfers Leben, aber schön begonnen,
Geschlossen schön und stark sei beides. Schluß
All' unsrer Thaten liegt in Ilion.

Vielleicht in wenig Tagen, so das Schwert
Noch gilt, ist Stadt und Flußgefild ein ein'ger,
Ein völliger Besitzgrund der Achäer.
Stell' mir die Meinen knapp an's Thurmwerk,
Daß wir zur Hand sei'n, wann die Zweiherrn uns,
Wann Agamemnon, Menelaos uns
Berufen. Denn das Scepter führen sie.
Daß Einheit walte, füg' ich mich dem Ganzen,
Ob etwa eine That entscheidungsvoll
Mir noch gelinge für den Ruhm des Hauses.
Dich aber, Ferntreffer, Glanz der Bogner,
Da wir nur Mann an Mann mit Speer und Faust
Zu fechten denken, Mauern zu zerbrechen
Und blanke Königsburgen einzuäschern, —
Dich können wir entraten und ich schicke
Dich fort, zurück in's ferne Heimatland.
Die Schätze berge mir in Salamis,
Die ich errungen in der Jahre Reigen,
Die goldreich funkeln über allen Kronen,
Die mir nicht Erd' und Himmel streitig machen,
Mein Weib, mein Kind entführ' Du heimatwärts.

Tekmessa.

Wie? Teukros uns? Nein, nein, das nimmermehr.

Aias.

Also geschieht es. Und je eh'r, so besser.
Der Knabe ist bestimmt, dem mein'gen Leben
Ein größerer Vollender einst zu sein.
Denn kurz erstreckt, o allzukurz dem Einz'len
Ist seine Thatenbahn. Für frohe Fahrten
Im Klang der Waffen und für Lieb' und Treu'
War mir dies Leben wahrlich lang genug:
Doch den Verächtlichen, den hohlen Schreier
Mit vollem Maß des Hasses auszuhassen —
Gebt mir ein zweites Leben anzunieten.
Du lehre ihn vertilgen Drachenbrut,
Die nie erstirbt, die allerorts sich bläht.
Erschrecke nicht, geliebtes Weib; nicht heute,
Nicht morgen reißt den friedgewohnten Knaben
Der Ruf aus seinem Rosentraum heraus.
Ich sprach zu ihm, soeben hört' er mich
Mit großem Augenaufschlag lächelnd an.
Noch geht er fort mit Dir, ihr spielet Beide
In grüner Bucht auf telamon'schen Matten.
Doch einst, — er wird, er wird! Das schwöre mir,
Mein wackrer Bruder, dem ich stets vertraut.

Teukros.

Dies zweifle nicht. Noch heute geht's auf See.
Mag uns auf blauen Wellen Siegsgesang
Nachklingen, angeschwellt zu Sturmesfluten —
Ein andres Lied der Zukunft singen wir.
Doch laß allein uns Männer sein; Tekmessa
Nimm Du zu Schiff, wann alles einst vollendet.

Aias.

Wann alles einst vollendet.

Tekmessa.

     Ja, das bitt' ich,
Ja, das beschwör' ich Dich. Ich mag ihn missen,
Den Knaben, muß ihn wol entbehren lernen.
Nehmt ihn hinweg. Er war ja mein, war mein
So viele Jahre, süße, gold'ne Jahre.
Ich war ein sel'ges Kind nur mit ihm selber
Und jede Stunde lernt' ich von ihm Neues.
Deß will ich nun gedenken, wann ich ihn
Verliere. Alle Tag' und Nächte füllt
Es aus. O stark sein will ich und nicht weinen.
Denn bleibt nicht Aias mir, der ihn gegeben?
Und giebt nicht Aias einst und bald uns Allen
Die Lust des Wiederseh'ns im Heimatland?

Aias.

Des Wiederseh'ns! Oft sah ich Freunde wieder,
Die ich geschieden glaubte, and're, die
Ich ließ ohn' Abschiedswort, die schaut' ich nimmer.
Ja, schön ist Wiedersehn! Doch höre, Teukros,
Du nimmst sie Beide. Keine Worte, Beide.

Tekmessa.

O nicht, o nicht, geliebter Mann. Wenn Du
In Deiner Nähe nicht mich dulden willst —
Warum, ich weiß es kaum — schick' in die Wildniß
Der Phryger mich, am Meerstrand setz' mich aus —

Aias.

Mein liebstes Weib! Nicht so.

Tekmessa.

     Nun denn, so laß mich.
Dem Vater nahmst Du mich, Du nimmst Dir selbst
Den Knaben; ohne Dein's was soll mein Herz?

Aias.
Gehorche, Weib, und zieh' mit diesem Manne.

Tekmessa.
Nie, nie, mit diesem nie. O muß ich schweigen?

Aias.
Was soll das, Bruder? Warfst Du Haß auf sie?

Teukros.
Dann haß' ich Licht und Sonnenschein und Leben.

Aias.
Nun denn, so fahrt dahin.

Tekmessa.
     Zu Deinen Knieen
Hinwerf' ich mich. Nimm den Befehl zurück.

Aias.
Gewinne sie mit sanftem Zuspruch, Teukros.
'S ist meine Art nicht. Auch gebricht der Zeit.

Teukros.
Gehorchen werd' ich nur.

Tekmessa.
    Ich nimmer ihm.

Aias.
O wüßtest Du! Auf Eure Eintracht bauend,
Vermag allein ich meinen Weg zu wandeln.
Du wirst gestatten nicht, daß je ein Gegner
An dies mein Eigen rühr', an Weib und Kind,
Wie an den Waffenschmuck, an dies mein Schwert,
Du willst's, Du kannst es. Ist Dein Eid so stark,
Daß ich darauf zum Hades könnte gehen?

Teukros.
In Waffensachen sei gewiß. Der Sohn
Ist wie mein Augenlicht. Tekmessa führ' ich —
Wol über's Meer —

Tekmessa.
    O hörst Du, Aias. Dein
Nur will ich bleiben.

Aias.
    Schweig. Genug. Und allen,
Die sie nicht lieben, die sie schädigen,

Verfolgen, sie berauben, sie mißachten,
Giebst Du den Tod?

Teukros.
Beim Herakles! Den Tod.

Aias.
So steh' ich fest. Lebt wol. Ich will zum Strande,
Daß ich in Thetis' Wogen reinige
Mir Hand und Haupt. Der Morgen klärt die Welten,
Die Nachtgestalten Hekate's entflieh'n.
Ein Opfer bin ich schuldig einer Hohen,
Die ich beleidiget. Ich will es denn
Verrichten. — Teukros, kommst Du wol zuerst?
So wird es sein. Nimm meine Hand — und Dank.
Tekmessa. Eines bitt' ich. Wenn — Ihr scheidet,
Thut's ohne Klage. Leid ist stumm. Drum schweiget.
Nur kleine Herzen brechen mit Geränsch.
Nun sagt' ich alles. Eilt. Und lebet wol.

Tekmessa.
Auf Wiederseh'n. O bald! Mein Aias ewig!

(Tekmessa und Teukros ab.)

Vierte Scene.
Aias allein.

Aias.
Entäußert Stück für Stück hab' ich mich alles
Erringenswerten, das ein Leben schmückt.
Begraben sei's, nicht mit Erinnerung
Schreck' ich es auf. Verloren ist verloren,
Vernichtet ist vernichtet. Aus dem Haupt
Das kleine Flämmchen, das uns spärlich leuchtet,
Vernunft, das stahl mir eine grause Macht
Und ohne Sonne, ha, wie fluchbeladen,
Unsinnig taumelnd stürzt ihr fort, ihr Welten,
Nach jenem Abgrund ew'ger Finsterniß.
So sank auch ich zum Spott des Blödesten;
Des letzten Bettlers Träumen ist vernünft'ger
Als Aias' wachender Gedanke; schal,
Von Schurken ausgelacht ist meine That;
Schlaftrunk'ne Gegner triumphieren höhnisch
Und ich vergehe in Verbrechens Qualen.
Der Welt untauglich hast' ich fort; der Schande
Entrinn' ich und mit letztem Mannesstolz
Aufsuch' ich Deine glanzbeströmten Bahnen,

Mein Vorbild Du, unsterblicher Achilleus.
Du winkst? Du anerkennst mein Thun und Streben?
Was dann verlang' ich noch? Ich bin's, ich, Aias.
Und jener Schatten? Hektor, Feindesfürst!
Ja dies, Dein Schwert. Es sei mein Tröster, sei
Erlöser mir. Unschätzbar köstliches
Geschenk, nicht feindliches, von Feindeshand,
Mein letzter Freund, sei mir gegrüßt mit Inbrunst.
Wenn je getreu Du trafst zum Ziel, auf Haupt
Und Helm, nach erzgeschirmter Brust, nur heute
Bewähr' Dich noch und raste erst zunächst
Dem Herzen, das nach Deinem Stral sich sehnt.
Dann hast Du ausgerichtet edle Arbeit
Und rostest gut bei bleichendem Gebein.
Ruh' neben mir, Du ungeraubte Zierde,
Des letzten Hauches treue Zeugenschaft.
Ein Blick noch auf die sonnenfreud'ge Welt
Bekräftigt mir: sie ist für Götter wol
Geschaffen, doch verderbt durch Menschensitte.
D'rum geh' ich hin, wo ich den Höchsten mag
Genügen, nur den Besten beigesellt.

(Tritt hinter das Gesträuch und stürzt sich in das Schwert.)

Fünfte Scene.

Odysseus, nach einiger Zeit von der Mitte her.

Odysseus.

Mit Späheraugen wandle ich umher,
Selbst zu erfahren, was in meinem Ratschluß
Nicht unerhofft mich überfallen soll.
Ist er im Zelt noch eingeschlossen? Traf
Ihn schon das Machtgebot der Atreiden?
Und schob man seine Leute weit genug
Zurück? Das muß ich selber seh'n und hören.
Wie? Götter! Ein Erschlag'ner. Blut! Er selber,
Ja wahrlich, Aias. — Aias todt! Herbei!
Wer wagte das? Und Niemand seiner Leute
Um ihn? Herbei! Die unerhörte That!

(Eilt nach vorne weg und kommt wieder.)

Auf, Salaminier! He, Teukros. Unheil!
O frevelhafter Tag! Sein eigen Schwert
Blutüberströmt? Was ahnet mir, o weh!
So endest Du? Und Du vor mir? Welch' Los
Ist mir noch ausgestreut? Sie schmähen wol
Den Ueberlebenden? Jedoch mich klaget
Wahrhaftig keine inn're Stimme an.
Ihr Völker auf, herbei.

Sechste Scene.

Agamemnon und Menelaos von rückwärts her zu Odysseus.

Agamemnon.

Was doch erhebst Du
Geschrei, Odysseus? Bis zu fernsten Zelten
Erklang Dein Ruf.

Odysseus.

Erkläng' er bis zum Rand
Der Griechenheimat. Steht und seht.

Agamemnon.

Ihr Götter!

Odysseus.

Und Menelas, Du schweigst? Und liegt er Dir
Nicht blaß und kalt wie meinem starren Auge?

Menelaos.

Ich staune, Freund. Nichts andres siehst Du doch.
Die Göttin, der er frevelte, entzog
Ihm alle Sinnen und sein Wüten kehrte,
Statt gegen uns, sich nach dem Thäter selber.

Agamemnon.

O meine Ahnung. Unentrinnbar Schicksal!

Odysseus.

Und dennoch, Menelas! Bis gestern noch
War er des klaren Lebens starker Sohn.

Menelaos.

Gleich Dir. Uns alle wirft der Tod ganz jählings.
Das kümmr' uns nicht. Die Klage laß den Weibern
Und komm' mit uns.

Odysseus.

Nicht doch, denn mich bewegt
Der abgerung'ne Ehrenpreis zu sehr,
Ja allzusehr. Du hast ihn zugesprochen.

Agamemnon.

Wir alle.

Menelaos.

Und Du nahmst ihn an. Ei sieh' doch!

Odysseus.

O daß ich's that! Wol konnt' ich darum werben,
Denn klug war auch Achill. Jedoch was nützt
Nun mir, nun Euch, dem Griechenvolk der Vorteil?

Agamemnon.

Du mußt zu wolbedachtem Werke noch
Uns oft Dich einfallsreich und schlau erweisen.

Odysseus.

Was frommt's, wenn solche Lücken das Geschick
In unsre Reihen reißt, sich so die Schaar
Der Tapfren lichtet?

Menelaos.
     Sei nicht blind, Odysseus.
Statt dieses eigensinn'gen Hordenführers
Erstehen zehn, gefügiger dem Plan.

Agamemnon.

Ersetzbar ist kein Mann in seiner Weise.
Jedweder, der ihm folgt, erfaßt den Sinn
Der Pflichten anders, anders wird die That.
Wen geben wir als Haupt dem Inselvolk?
Hier gilts zu raten! Rasch und nicht gezaudert
Wir riefen sie fernab von Wall und Mauer;
Odysseus, vorgerückt mit Deinen Mannen.
Dem Leid noch keinen Raum. Dazu wird Zeit.
Das hätt' ich wahrlich Dir gegönnt, o Aias,
Den letzten Tag der Kämpfe zu verschönern.

Menelaos.

Was will man dort? Sieh hin, Odysseus. Gabst
Du Botschaft denn?

Odysseus.
    Ich rief sie allerorten.

Menelaos.

Wozu?

Odysseus.
   Der schwarze Tag geht durch das Lager.

Agamemnon.

Das ist anheim nur uns gegeben.

Odysseus.

Also
 Laßt ihn erheben.

Agamemnon.

Nein.

Siebente Scene.

Teukros zu den Vorigen.

Teukros.

Ist's wahr, was hör' ich?
Mein Bruder, unser Fürst? Bei allen Schrecken
Des Acheron. Er ist's. Geliebtester!
So liegst Du denn, zu Tod gehetzt, ein edler
Vom höchsten Bergestuauf geschnellter Hirsch
Und Dich bewundert wol das Waidmannsrund.
Ihr Männer da, genügt Euch nun des Falles?
Wägt Euren Anteil ab ein jeder Schütz;
Du Hand, Du Haupt, Du Herz, Du hast in's Herz
Recht weidlich ihn getroffen. Hier nun schweigt er.
Ich aber spreche und ich such' nach Thränen
In Eurem Augenglanz. Wie? Hat der Geiz
So gar Euch ausgesogen Stern und Lider,
Daß Ihr so trocken blickt wie Steingesichter?
Ihr Marmorblöcke, hört' ich nicht dereinst
Von Euch, Ihr liebtet ihn? Wol möglich, daß
Zuletzt Euch ganz versteinerte die Furcht,
Als Ihr die Liebe lieblos ausgetrieben.
Er gieng von Euch, wie sich das Golderz löst
Von tauben Schlacken, und Ihr lagert dumpf
Nun in der Welt, ein formenlos Gerölle.
Weicht jetzt zurück, daß ich des theuren Leichnams
Mich unterwinde und nicht Feindesnähe
Aufsprudeln heiße mit erneuter Macht
Die Bronnen dieses reinen Heldenblutes.
Gebt Raum, dem Lebenden versagt, dem Todten.

Menelaos.

Wirst Du nun endlich schweigen, Rasender,
Nie durch Vernunft berühmt, Nachtreter, Hälbling.
Wenn der Verstand Dich leitete, kein Mann
Von Ehre nähme Deine Läst'rung hin,
Die da von Mord und Todtschlag faselt schwülstig;
Er zöge Dich in's blitzende Gericht
Der Schwerter zwischen zwei erhobnen Häuptern.
So aber gilt es nur, den trüben Wildbach
Der Rede einzudämmen. Denn zur That
Bist Du zu nichtig.

Teukros.

Ja, zur nicht'gen That
Nicht so geschickt wie Menelas im Brautraub.

Daß Du vor Allen meidest diese Stätte,
Die heil'ge Erde, d'rauf ein Edler sank.
Dein Staub, dem Boden aufgestreut, er wäre
Nicht würdig, einen Tropfen Blut's zu zehren.

Agamemnon.

Was willst Du hier?

Teukros.

Zunächst, daß Ihr nichts wollt.

Agamemnon.

Ich werde hier gebieten, was den Resten
Des Aias zukommt. Ich, nicht Du.

Teukros.

Mein ist er
Und seines Weibes, seines Sohn's.

Menelaos.

Seht an
Den Fürsprech des Unmünd'gen, selber rechtlos.

Teukros.

Einst deckt der kleine Breitenschild Dich zu,
Wie einen Maulwurf.

Menelaos.

Einer Sclavin Anwalt.

Teukros.

Ist keine Frauentugend Dir zu hoch,
Daß Du sie ziehst herab in Deiner Denkart
Versumpfte Tiefe! Schwerlich, daß Dich je
Die Witwenhand aufsucht im ernsten Schlachtfeld.

Odysseus.

Zuviel des Streites. Teukros, fasse Dich.
Kamst Du zu schmähen nur hieher, dann wende
Den Schritt sofort. Doch rief dich höh're Pflicht,
So geh' an's Werk.

Teukros.

Das will ich auch. Das Grab
Des Aias eil' ich auszurüsten; Haupt
Und Hände heb' ich sorgsam auf, nur Freunde,
Nicht Spötter, seien Zeugen der Bestattung.

Menelaos.

Nicht rühren wirst Du an den Leib. Versteh' mich.
Du, Agamemnon, sprichst es aus und ich:
Verwehrt ist Teukros, diesen zu bestatten.

Teukros.

Daß ich Euch frage erst.

Agamemnon.

Uns kommt das zu.

Menelaos.

Vielmehr dem Meutrer aberkannt sind Ehren
Und Feste, die dem Schöngestorbenen
Nur ziemen. Hatt' er uns bestimmt, im Zelt
Dem Meuchlerdolch zu fallen und, hinaus-
Geschleift im Staub der breiten Lagergassen,
Nicht letzte Ruh zu finden manchen Tag —
Was sollen wir uns sputen, ihm der Sprengung,
Des Hügelstaubes, gleich dem besten Mann,
Zu reichen? Nichts von alledem. Sag' Du,
Odysseus, ob Du anders weißt den Brauch
Der Väter, sag' es diesem unerfahr'nen,
Uns nimmergleichen Sohn der kriegsgefang'nen
Ausländerin Hesione.

Agamemnon.

Ob frei,
Ob unfrei, hier gehorchen Alle.

Teukros.

Diesem
Mit nichten. Brauch und Sitte predigst Du,
Du allen Brauchs und aller Sitte Läst'rer?
Du, groß in allem, was nicht Mannesart
Betrifft, mit Weiberraub den Unheilskrieg
Eröffnend, meine Mutter schiltst Du mir?
Gewiß, o Dich erhalten mir die Parzen
Langlebig ferne hinter Kämpferreihen,
Geschniegelter, Gesalbter, daß ich sicher
Dich treffe, wann ich wiederkehre einstmal
Aus Salamis, Du meines rost'gen Pfeiles
Unwürdig Ziel. Doch was verwerf' ich Worte?
Mich mahnet warnend meines Königs Schatten.
Erhöbe der Geschied'ne nur das Aug',
Wie anders tönte Euch das Wort vom Munde;
Geböt' er mit dem Arm, als Oberfeldherrn
Müßt' Argos ihn und Sparta anerkennen,

Die beide also freveln an dem Bunds-
Genossen, da ihm nur die Seele schwand.

Agamemnon.

Genug. Mit Wächtern laß ich rasch umstellen,
Mit Spartern und Argivern, daß Du weißt —
Die Stätte, wo zur Sühne fiel der Arge.
Und dann, das Grabmal aufzuthürmen komme
Du mit dem Inselvolk herbei, den Leichnam
Zu rauben, wenn Dich schon gelüstet Raubs
Und Brüderkampfes. Aber höre, Teukros.
Eh' das soweit gedeiht, eh' neues Blut
Die blut'ge Stelle färbt und Dich Dein letztes
Geschick ereilt, an der vermeinten Pflicht
Dich hindernd, die ich ehre, wenn sie nur
Gerecht, — schick' einen Anwalt mir, vollbürtig,
Daß ich die Angelegenheit mit ihm
Mag ordnen. Jetzo weiche meiner Macht.

Teukros.

Du weiche eines Sterbenden Gebote.
Sein letzter Auftrag war's an mich, nunmehr
Erkenn' ich's. Nicht ein Anderer, als ich,
Soll seiner Brust sich nahen, seinem Schwerte,
Mit warmem Kusse seinen kalten Lippen.
Wenn je Dir selber wird erwünscht Erfüllung
Des Scheideworts von Söhnen, Brüdern, Enkeln,
So wirst Du Aias dieses Anrecht nicht
Entziehen, der ein Größrer war als Du.
Mir selber kann und darf ich Sprecher sein.
Ich bin Hellene, frei wie Du, durch Sitte,
Durch Kraft und Kunst und — greift nur in den Busen —
Durch meine niemals ausgelöschte Liebe
Zum Vaterland. Wer zeugt vom Gegentheil mir?
Ein Barbar war Dein Ahnherr, wie der meine;
Wozu ich selbst erwuchs, das zält mir gut.
War mir des Kampfes gleicher Theil wie Dir,
So meßt mir auch des gleichen Rechtes zu.
Und dies ausübend, ob mir Tod auch drohe,
Werd' ich vollführen, was ich will und muß.

Odysseus.

Dort staut sich schon das Volk. Vernimm und richte.
Mir däucht, dem Weib, dem Sohn, dem Bruder, Heimat-
Genossen wehrst Du ohne schweren Vorwurf
Nicht wol den Ehrendienst, der allen Menschen
Gemeinsam. Wie? Ein friedlich sichres Grab
Wird Aias, den noch gestern mancher Mund

Als Palmenträger hat zuhöchst gepriesen,
Sich doch errungen haben hier im Fremdland?

Teukros.

Odysseus, Du? —

Odysseus.

              Ausfordernd und verletzend,
Unüberlegt, auch ohne Scheu und Ehrfurcht
Vor allen Volkes Führern zwar ist Teukros'
Geflügelt Wort; denn nicht gewohnt ist er,
Daß einer seiner Pfeile nicht soll treffen —

Teukros.

Jawol, doch wie — ?

Odysseus.

              Hörst Du mich, Agamemnon?
Gleichwol eracht' ich, daß Du diesem da
Sofort anheimgiebst alles Recht, den Todten
Zu bergen in der Erde Schoß und bald
Die Hinterlass'nen treulich fortzuführen
Ins Heimatland durchs wogenreiche Meer

Menelaos.

Auch Du von Sinnen, Klügster aller Klugen?

Agamemnon.

Beirr' ihn nicht und schweig'. Zwar muß ich staunen,
Odysseus, wie Dir schwankend ist Gesinnung
Und Haß und Lieb', Verehrung und Verachtung:
Der gestern gar nichts war, ist heute alles,
Was wird er morgen sein?

Odysseus.

              Nicht so. Das Leben
Bekämpf' ich, das mir widersteht; der Tod
Giebt mir ein neues Maß der Dinge. Laßt
Den Todten Ehre sein. Da endet Klugheit,
Da anbeginnt die heil'ge Schauer.

Agamemnon.

                         Wol denn!
So vorbehalten wir uns nur, wann Frieden
Wird neu erblüh'n auf troischen Gefilden,
Das Ehrenfest des Helden zu begeh'n,
Der seinen Frieden nicht gefunden, nicht
Auch den des Vaterlands. Komm, Menelas.

Willst Du, Odysseus, diesem sein Berater,
So bleib' zur Seite ihm. Du aber, Teukros,
Nimm hin. In Worten stark, bestreb' Dich nun,
Dich selbst zu übertreffen durch die That.
(Ab mit Menelaos.)

Odysseus.

Gefällt es Dir, so zäl' auf meinen Beistand.
Vereint erheben wir den theuren Leichnam.

Teukros.

Den Dank versag' ich nicht Laërtes Sohne.
Wie spät erkenn' ich Dich! Jedoch im Geiste
Des Aias handelnd, muß ich Dein entraten.
Laß' mich allein. So wahr Du schuldlos bist,
So wahr, so schnell sei Dir vergönnt die Heimkehr.
(Odysseus nachdenklich ab.)

Achte Scene.

Teukros, zu ihm später Tekmessa mit dem Knaben. Krieger und Schiffsleute folgen.

Tekmessa.

Ich weiß, er starb. Er leidet nimmer: wir,
Nur ich, die Zukunftlose, Du, deß Leben
Allein im Aetherduft der Zukunft schwebt,
Wir leiden noch am Leben. Zittre nicht,
Mein mutig Kind. Denn lernen mußt Du tragen
Als Held den größten Schmerz. Dir starb der Vater.
Vergiß ihn nie. So wachse mir, wie er. —
Und wird von mir ein Bild in dem Gedächtniß
Dir bleiben, süßer Knabe? Ja? Ich gehe
Hinweg; ich gehe nicht mit Dir. Du wirst
Nicht weinen. Das versprichst Du mir, mein Sohn.
Und bleibe frei, Niemandes Unterthan.
O herrlich! Keine Fessel, als die Tugend.
Ich wäre Sclavin nur! Du freier Mann
Der Zukunft, beug' Dich nicht. Nichts über Dir,
Als Götter!
(Man hört ernste dreistimmige Horntöne nahen.)
Diese dort sind Deine Freunde,
Eurysakes. Sie führen Dich zum Ahn,
Zur andren Mutter, weißt Du wol? Und danke
Dem Teukros stets.

Teukros (hervortretend).

Willst Du ihn seh'n, Tekmessa,
So fasse Dich und tritt heran.

Tekmessa.
Zuerst den Knaben führ' dahin.

Teukros (küßt den Kleinen).
An meiner Hand
Nur halte fest. Und mit der Rechten wirst
Du Haupthaar, Bart und Brust des Vaters leise
Berühren. Doch zuvor leg' Dein Gelock'
In Deine Hand, dann mein's, ein Schutzbefohl'ner,
Alsdann (gegen Tekmessa) erfaß' die Strähnen dieses Hauptes,
O göttergleich —

Tekmessa.
Jetzt nimm ihn hin.

Teukros (im Hingehen, zu Euryfates).
Du setze
Dich auf den Stein sodann, zum Zeichen, daß
Dich Niemand reißen soll aus Vaters Macht
Und aus der meinen. Kommst auch Du, Tekmessa?

(Teukros tritt mit Euryfates neben das Gesträuch, mittlerweile gehen die Salaminier vor und schließen den Halbkreis gegen den Hintergrund.)

Tekmessa
Wer darf mir rufen, als nur Aias selbst?
Nur seine Heimat, die der Hades ist,
Hat Klang für mich. Leb' wol, Du phrygisches
Gefild vergeß'ner Aeltern, lebe wol.
Ich grüße Dich im blauen Meere, Eiland
Der Sehnsucht unsrer glückgeschwellten Herzen,
Geprieß'ne Salamis, ich grüße Dich.
Mit allen sanftesten der Honigdüfte
Umrausche meinen einzigsüßen Knaben,
Und Deinen Saphirhimmel wölbe rein
Und wolkenlos mir über seinem Haupte.
Geweissagt warst Du mir im Purpurlicht,
Elysisches Gebild begrünter Berge;
O zaubre Freudenfunken in das Auge
Des Waisenkindes, wann es seinen Fuß
Auf Dein Gestade setzt, zum Blumenthau
Verwandle sich ihm diese Flut von Thränen.

Teukros (zurück mit Euryfates).
Es ist genug. Dein Knabe wies sich stark.
Was Aias' Fleisch und Blut ist, zeigt sich mächtig
Im Angesicht des Mißgeschicks. Ihr Schiffer,
Des Morgens fahren wir: bereitet Kiel
Und Segel, daß die Reise glücklich sei,
Dafern noch Glück den Beiden je mag winken.

Ihr Krieger bleibt. Und für den Sohn vollendet,
Den Herrscher, was begonnen Euer König.

Krieger.

Vollendet sei's.

Teukros.

Dies eh'rne Schwert, Belauscher
Der letzten That des Thatenreichen, legen
Wir an des Hingestreckten rechte Seite,
Bevor sich aufwölbt schwarzer Erdenschutt.

(Übergiebt den Knaben dem ältesten Schiffsmann.)

Tekmessa, es ist Zeit. Tritt hin. Und dann
Nachfolge diesem Greis.

Tekmessa *(läßt den Knaben stürmisch und kehrt wieder zurück).*

Bewahrt ihn! Rache
Von allen Göttern, wer den Liebling kränkt.

(Zerbricht und vertheilt ihr Diadem.)

Du wirst es nicht, nicht Du, o von Euch keiner.
Er sei Euch lieb. Ihm blühe hold die Braut. —
Nun, Teukros, Deine Hand. Sieh mir in's Aug'.
Ich trag' es.

(Im Hintergrunde angekommen.)

O mein Aias, liebster Aias!
Nicht ohne Dich. Nur Dein im neuen Leben.

(Sie ersticht sich.)

Teukros.

Tekmessa! Bleich und todt. O Jammer! Weg
Den Knaben. Niemals diesen Blick. So, Bruder,
Ward Dir zum Todtenfest das reichste Opfer.

Euryfates.

O Mutter, meine Mutter.

Teukros.

Komm mit mir.
Du bist mein Alles. Morgen glänzt das Meer
Um uns mit friedbestraiten Wellen; Leid,
Erinnerung und Reue senk' ich tief
In seinen Schooß. O Aphrodite, zürnend,
Der ich vergaß, die nun zerreißt mein Leben,
Vergieb mir. Denn Du weißt! — Doch Aias' Sohne
Erschließ' die wärmsten Herzen aller Welt.

(Winkt den Kriegern, die um die Stätte beschäftigt sind; ab mit Euryfates und Schiffsleuten.)

Neunte Scene.

Die Gegend verwandelt sich durch Wolkenschleier in den Hades. Im Hintergrunde der acherusische See, Schatten, in Charons Kahne überfahrend, am Uferrande diesseits Gruppen von Schatten, vorne in tiefem Nachdenken Aias. Durch die sich zerteilenden Schatten wandert zuerst, mit Staunen und Freude aufgenommen, Tekmessa, nach dem Sohne befragt. Später kommen Krieger, den König begrüßend, Feinde vorübergehend, darnach Teukros mit dem herangewachsenen Eurysakes, der erstere mit Verwarnung, der letztere mit freudigem Staunen umarmt. Auch Agamemnon und Menelaos erscheinen, kalt begrüßt. Der vorsichtig nahende Odysseus wird von Aias mit der schmerzlichsten Entschiedenheit abgewiesen.

Ein Oberbild entwickelt sich allmälig glänzend über der sich verhüllenden Schattenwelt: Pallas Athene, verklärt, über Aias und Odysseus, welche händereichend auf einander zugehen.